JN015182

永遠への旅人

いくつかの
森を通りぬけて

竹田園
Takeda Sono

幻冬舎MC

詩集

永遠への旅人

いくつかの森を通りぬけて

はじめに

あなたへの初めての手紙

Hello! Nice to meet you!

"Hello!" は呼びかけの便利な表現です。いつでも使えます。午前、午後、夜、夜中でも人と出会ったら"Hello!"と挨拶してください。電話の最初の挨拶も、"Hello!"「もしもし」ですよね。あなたがこの「はじめに」を読まれた時刻は午前、午後、夜、夜中のいつですか。

"Nice to meet you!" は初めてお出会いした時にしか使えません。二度目からは"Nice to see you again!" です。書面では実際にお目にかかっていないのですが、お互いを想像しましょう。今、私はあなたを想像しています。「はじめまして。お目にかかれて嬉しいです」。

17歳から70歳代までの私の心の詩たちを覗いてみてください。そして笑ったり、同感したり、共に悩んだり、悲しくなったり、泣いたり、そして微笑んでくだされば嬉しいです。

目次

去って行く

　愛する人が　去って行く
　ひとり　ふたり
　やさしい瞳から　無関心な瞳へと
　残っているのは
　彼らが　口ずさんだ　メロディ
　そのメロディが
　わたしの心に　いつまでも
　離れないことを　知りながら

　去って行く
　去って行く
　愛する人が
　私に背を向け　去って行く

流れ

誰もが流れている
大地を流れる大河の中を
夕陽を背に　あるいは　朝陽を背に

誰もが流れている
生まれたままの姿で　麗しく
風に揺れ　あるいは　雪に清められ

流れ
終わりのない　流れ

その永遠の流れに
わたしの好きな　白い花
限りなく　散りばめたい

昔は昔

昔は昔
あぁ　昔は昔
こぼれおちそうな　きみの笑顔
底抜けに青い　きみの青春の詩

昔は昔
あぁ　昔は昔
甘酸っぱく　風のように　すれちがった　口づけ
白いシャツから　にじみ出る　汗

昔は昔
あぁ　昔は昔
もう　帰ってこない　きみのあの日のときめき
もう　よみがえらない　わたしへの愛

休もうか

休もうか　わたしと一緒に
休もうか　心を洗うために
休もうか　口づけするために

　鳥だって　休むさ
　　どこを飛んでいるか　わからないときは

休もうか　二人して
休もうか　広い広い大地を背に
休もうか　互いを確かめ合うために

　鳥だって　休むさ
　　体や心に傷を負ったときは

休もうか　わたしの腕をかしてあげる
休もうか　わたしの膝をかしてあげる

休もうか
いつだって　わたしの両腕は　きみのためにあいているよ

煙草のけむりに包まれて

だれも　死にたくないさ
だれも　不幸せになりたくないさ
がむしゃらに走り続けることに疲れ空しくなったんだ

だれも　苦しみたくないさ
だれも　憂鬱になりたくないさ
どんなにいやな日だって　どんなに狂いそうな日だって
生きようとしてるんだ

できるなら
何ものにもとらわれず　自由に何かを見極めようとしてね

そうさ　煙草のけむりに包まれて
そのもやを　手探りしてね

ばつが悪い

わたしがジーンズをはいて
目にシャドーをつけ　唇にオレンジのリップをつけると

あぁ　ばつが悪いと　声がきこえる

わたしがロックをきいて
煙草をふかし　踊っていると

あぁ　ばつが悪いと　声がきこえる

あぁ　ばつが悪い
あぁ　ばつが悪い
誰だ　その聖人のような声をしたやつは

It's me!　It's me!

あぁ　そりゃ　ばつが悪いよ

Icy World 氷の世界

Icy World
氷の世界
たとえば　愛のない世界

Icy World
氷の世界
たとえば　虚像の世界

Icy World
氷の世界
たとえば　無関心の世界

Icy World
氷の世界
たとえば

わたしの心

眠りたい

目を閉じて
唇をかさねあって
静かな春の風に触れ

大きな大きな　とてつもなく　大きな　自由の中で
眠りたい

窓を開けて
小鳥のさえずり　露の滴り
子どもたちの喜びの声に耳かたむけて

広い広い　とてつもなく　広い　愛の中で
眠りたい

眠りたい

明日も　あさっても　永遠に　自由に

愛があることを　信じて

過去のページを開きます

　過去のページを開きます
　あなたの笑顔が見えます
　あなたの走ってくる姿が見えます

　過去のページを開きました

　わたしの泣き濡れた顔が見えます
　静かに目を閉じ
　あなたの口づけを待っている顔が見えます

　過去のページは
　今　吹いてきた風に閉ざされました

　わたしは目を閉じました

　再び　あの日のように

夜間飛行

銀河系を飛んだよ
そこには
きらびやかな人たちが並んでいたっけ

月を飛んだよ
そこには
われもわれもと　妙な旗を持った人たちが並んでいたっけ

果てしない宇宙を飛び続けたよ
すると　そこには
星になった　素朴な人たちが光っていたよ

十字架の主

あの人は　いばらの冠をかぶった　私の友
あの人は　手に　足に　脇腹に　血を流した　私の友
あの人は　愛すべき　愛すべき
私のまことの友

闇の愛よりの脱出　二面性

　私は今　どこを歩きつづけているのか
　神の道を歩きつづけているのだろうか
　私は神に愛されながら
　罪を　大きな罪を犯している
　真の聖なる生活とは何でしょうか
　神よ　私を戒めてください
　この怠惰な罪人を
　このどうしようもない罪が私を埋め
　悪魔はそれをうながすのです
　神よ　私は私をごまかしているのでしょうか
　聖なる水で　私を底から清めてください
　私には　古い私と新しい私が
　今　戦っており　自己という　憐憫に似た
　世的な慰めが私を食い尽くしているのです
　私には　主よ　二面性があり
　今は　決して　一つではなく
　キリストのからだではありません

ボクサーのように

世の支配のただ中にあって
あぁ　自由って　何だろう
この世のものは嘘っぱちだ
人間が人間を苦しめ　殺している

汚いよ

血が流れて　小さな子どもたちや
母親たちが死んでいく

私は空を拳で打つ
怒りをこめて打つ
ボクサーのように
ボクサーのように

愛してほしい

とうとう　風邪をひいてしまいました
惨めな顔と
愛を拒否したような短い髪が
今　醜く見えるのです

まだ　外は明るいのに
私は　カーテンをひいて　深いひとりぼっちの
そして　誰にも入ることのできない　暗闇へ
沈んでいこうと思います

誰も　それを止める人はありません
私は愛されていないし
誰も愛していないのです

夜明けも　明日も
私には　何の意味ももたないのです

愛への一歩手前で

人を愛するってことは　いったいなんだろう
プラトニックなものがその根底だろうか
セックスが半分以上占めているのかな
真面目さが　くすぐったくて　可笑しいなら
本物の愛は　どこにある
私の罪悪の報いは　いつまで続くのか
聖なる愛は　再び
私の前には　現れないのか
いくら頭を抱えて考えても
愛は生まれてこない

悲しみのメルヘン

カオガ　ユガム
カオガ　ユガム

クチノアタリガ　ニガイ　ニガイ
ソノシュンカン
ナミダガ　ナガレル　ポタポタ
ポタポタ　ト　イウ　エノグガ
ワタシノ　ダイスキナ　ココロノ　ドウワヲ　エガク

ポタポタ
ポタポタ

24

私に　さようなら

　私は考えることのない小さな花です
　言葉をもたない草原の花です
　淋しい夜空に舞う目立たない花びらです

　さようなら　この世のすべて
　さようなら　純粋なるすべてのもの

　私の行く道は無
　何の意味ももたない無の空間

首振り人形

今　わたしのすべてが　からだもこころも
濁流にのまれてしまって
恐ろしいほどの勢いで谷底へ
落ちていく　落ちていく

たくさんの人間が住む都会の中で
誰一人　それに目を向けない
誰一人　愛を注ぐこともなく

ただ　錯乱状態の首振り人形が
わたしを　悲しみの目で見ている

潜勢

昔をなつかしく想うことも
未来に希望を抱くことも
自由なのに

なぜ私は止まっているのかしら
つまらない詩ばかり書いて
わけのわからない詩ばかり書いて

この心を奪う人もいない
何かに燃えているのでもない
でも何かをやろうとしている
そしてそれは私の奥底で
ひそかに眠っている

みんなが月日を忘れたらどうだろう
みんなが仕事を忘れたらどうだろう
みんなの生きがいは何ですか
こんなに社会が動いていて　私は動かない

初めての一人旅

飛行機の窓から
輪になった虹を見ました
その中に私の飛行機が小さくなって飛んでいました
それは　ほんとうに虹だったのです
私の座席から見える

なぜ　一人で旅するのでしょう
大阪を　親に友に手を振って
なにか自分でない自分が
ゲートに向かって歩いていく
やはり一人旅の最初は
悲しいや

旅に出て
恋慕う人は　いません
しかし　私には
もっとすばらしいものが旅して感じられるのです

都井岬

都井岬にやってきた

あぁ　なんて　いいんだろう

みわたす限り太平洋の

青い青い海原

わたし一人しかいない　岬

風速何メートルという

暴風が吹き荒れている

一人旅もここまでくれば

もう味を知ってしまったと同じ

風化された岩も樹木も時を知らない

さようなら　美しき場所よ

以前にあった　アカシヤの
白い房はなかった
わたしのわらべ歌は
もうそこにはなかった
あの緑でいっぱいの幸せは
すでに黒い枯れ木と化している
飛び散る鈴蘭のような
白い房は　もう頬を撫ぜることがない

あぁ　幼き青春のひとこまよ
愛する友と夢を語りあった美しき場所よ
わたしは　お前を
永遠なる扉の中に閉じ込めよう

わが心の青き湖の底に

愛なんて

愛なんて
愛なんて
あぁ　愛なんて　　　もう　口ずさまない

愛なんて
愛なんて
あぁ　愛なんて　　　おさらばだ

愛なんて
愛なんて
あぁ　愛なんて　　　どこにもない

誰が　もぎとったの　　この愛
誰が　踏みつけたの　　この愛

愛なんて
愛なんて
あぁ　愛なんて

誘惑

　赤いりんごを　たべさせたのは　私の心
　その時から　愛するあなたは眠ったのです
　深い眠りの中で
　あなたは私を見つめてくれる
　私だけを
　青い青い霧は　あなたの瞳に
　一滴の露玉をこしらえる
　あぁ　その涙は
　誰の愛のために流すのか

女　その1

　あなたに愛される女になるなら
　私は夢の中に住まなくては
　あなたは遠くから吹く風のようだから
　あなたは悲しみの涙の深い湖だから
　私は　ただ　私の胸一杯の
　響きをもって　あなたのまわりを
　ハミングする透明の気流でしかない

女　その2

センチメンタルになって　わたしに恋するのはおやめ
わたしは春の雨より浮気で
夏の嵐よりも激しく
秋の雲のように移り変わり
冬の雪のように冷たいのだから

わたしは悲しみを知らない女
恋して傷つくことを知らない女

だからあなたは血だらけに
打ちひしがれた鳥のように
空をさまよい飛ぶしかない

わたしは　だれにも　つかむことのできない女
わたしは　恋に溺れたりしない女

人間の社会の歪み　いわゆる男と女の社会

きみは男かい
そりゃ　かわいそうだが　よかったね

きみは女だ
影の中の影
一見　華やかなきみの存在は
ただの男の目の楽しみさ

嘆くなよ　もとの姿はけっして
そのようなものではなかったのだから
人間の罪がそうさせたのさ
人間の罪
これが我々人間の難問
性欲　名誉欲　妬み……

風

熱病で苦しんでいる一人の若い娘
青白い細い手で頭上の古びた窓を開ける
初春の夜明けの風が
若い娘の髪から顔へと吹く
その風に愛撫されながら
ふと若い娘は夢見た
この風に乗って空を飛べたら
そっとそのままわたしを運んでくれたら
その風に愛撫されながら
若い娘は長い間触れていなかった自然を感じた
若い娘は慰めがほしかった
この世の慰めではなく自然の中のまことの慰めを
自分は神にさえ顧みられていないと考えていた
だが若い娘は思った
この風のやさしさこそ　気づかぬ
神のやさしさだと
求め続けていたやさしさだと

真理を語る

何もかも真剣でなかった　分かっていなかった
友よ　もう一度　わたしはあなたを見直そう
恋人よ　もう一度　わたしはあなたを見直そう

語る前に　わたし自身に語れ
乱すな　純なる聖なる心を乱すな
もてあそぶな　言葉をもてあそぶな
語るな　語るな　何も語るな
語ることは　消え失せてしまうことかも知れないから

友よ　語るな
恋人よ　何も語るな
しかし　ただ一つ
語る言葉があるかも知れない
探せ　誰もが探している
わたし自身に与えられている全時間を費やして　探せ

トモダチ

カナシイナ
サビシイナ
ワタシノトモワ
ワタシノトモデワ
ナクナッタ
ナニヨリモ
マズ
カナシイノワ
ワタシヲ
モウイチド
ココロノ
ナカニ
イレテクレナイコト
カナシイノワ
コイヲシテイルタメニ
ワタシヲ
ウシナッテシマッタコト

さらば　さらば

さらば　さらば
一人に　してください
一人に　してください
わたしにくっついている
たくさんの飾りを
とってください
頭の先から足の先まで
どうか　とってください
嫌な嫌な装飾品
まずい人徳　美しさ
もう重たくて重たくて
わたしの真っ赤な血は
息ができなくて出血します
初めにもどしてください

暗中

生きる喜びはどこにあるのだろう
どこを見ても真実を見出せない時がある
でも生は続くのだから
いくら心が荒んでいても
それにお構いもなく
生は続くのだから

暮れてゆく合間に

暮れてゆく合間に見る影は
私の心に見え隠れする
不安だろうか
まったくといっていいほど
人間が　その思考を止める時
なんと静かな時を過ごせるのか
「明日を思い煩うな」の御言葉が
今は　暮れてゆく合間に見た影を
一瞬のうちに　しかも　優しく
慰めるかのように　消してゆく

主を慕う

心の寂しさは
日暮れとともに深くなり
心の騒ぎは
いつしか疲れに変わりゆく
しかしなお我が心にあざやかに
残りしものは
主の朽ちない愛のともし火

情念の世界

いろんな情念がある
この世の中には
それが人生に無数のドラマを
展開していくのだろうか
無秩序
しばし　私は疲れて
一人　外野席につく
そして　それら情念が渦巻く
この世界を見る時
ただ一言　言えることは
空しいということだけだ

失われた私の少女時代が泣いている

失われた私の少女時代が泣いている
「帰れない」って
求め続けていた私の愛が泣いている
「愛はどこにあるの」って
友たちよ　どこをさ迷っているのですか
おしえてください
友たちよ　いつのまにか　わからなくなったのです
あなたたちの心が　私の心が
あぁ　美しく夢多い日々よ
あなたにだけは
「さようなら」は言いたくない

青いガラスのむこうには

長い一本道
ガラスの扉
一年前の秋
私は　青い　その不思議なガラスの扉の手前に　たたずみ
自分の横顔をほのかに映しながら
荒涼とした　しかし　何か胸さわぐ
魅惑のうずまく道を　見つめていた

そのガラス扉の手前には
無邪気な子どもたちの
ほんのり明るい夢のような幻想の世界があった
私は　その青いガラスの扉を
私の　すべての力　望み　愛をかけて
開けた

父も母も　兄弟姉妹も　友も
もう　その力には　勝てなかった
勝ったのは
私の中に住む　永遠なる友であった

私は　憧れの　しかし荒涼とした　その道で
現実を　知った
現実は　あまりにも　哀しく　空しく
苦しく
私は　発狂しそうに　なった

私は　想う
もう　あの青いガラスの扉のむこうには
帰れないと

私は　あの時
その青いガラスに　自分の横顔を映し
その道の　冷たさ　美しさに　魅了された
そして
その道を　今　歩んでいる

その道が　私に　強く真実に迫る
厳しく　切なく

「生きるのだ　生きるのだ」　と

ロンドン詩日記より　その1

愛
呼び覚ますこと
深い憂鬱な　空間から

苦しみ
それは　尽きない　海の水のごとく
私には　深い

生きること
それは　変りゆく木々のごとく
哀愁に　みちあふれている
すべて変りゆくものの中で
ただ　ひとつ
あなたを　呼び覚ますもの

それが　愛

たとえ　それが　小さな　目立たない愛であっても

ロンドン詩日記より　その2

ロンドンの地下鉄で
どっと　涙が　あふれ出た

一人の若者が　ギターを奏で歌っている
何を歌っているのか
たぶん　人生の歌
そう　もの哀しい人生の

今　一人　ロンドンで
みんな　一人ぼっち
だのに　どうして　時折
冷たさだけしか　現わさないのだろう
人種も　カラーもない
みんな　愛を　欲してるんだ
平和な愛を

私は　そう信じたい
そう　信じたいからこそ
どっと　涙が　あふれ出た

私を見つめたい

小刻みな日々　反省のない日々
おおらかな一日がほしい

赤裸々な日々　道化師のような日々
慎ましい一日がほしい

羞恥に満ちた日々　高慢に満ちた日々
ひとり　静寂の中に
私を見つめたい

黙

黙することは　目を閉じること
黙することは　耳を塞ぐこと
だから　何も見ない　見えない
聞かない　聞こえない　そして　語らない
黙することは　目を閉じること
黙することは　耳を塞ぐこと

無から有を

　なぜ　すべてが無だと　言うのだ
　まして　現代人には言ってほしくない言葉だ

　無から有を　と言ってほしい

　そうだろう　そう言っているきみも
　あまりに　かりそめの無が　我らを取り巻き　圧倒するので
　それで　きみは　素直だから
　「あぁ　すべてが無だ」と言う

　しかし　迷うな　惑わされるな
　無は美だろうか　いや断じて　そうではない
　無は無にすぎず　空虚　絶望　死に似かよっている

　無から有を

　きみ自身の有を　そしてさらに
　我ら人間の有を　求め続けてくれ

しめったかんしゃく球

　前頭部左側　麻痺
　後ろ首　強度の凝り
　心不安　強度の緊張継続

　いつ破裂するかもしれない
　いつ異変するかもしれない

　あぁ　もうこれ以上
　いや　抑えて　静まって
　そのような声が波のように渦巻く
　体内　心内

　しかし　破裂はしない
　ぴんと張った何かは　切れそうで切れない

　しめったかんしゃく球
　悲しいかな　苦しいかな
　私自身

暴走

走っている
押し合い　へし合い　われもわれもと走っている
どこへ
暗い暗い　海へ
底なしの汚物だらけの海へ

目的のない　思慮のない　個性のない　走り方

ある画家が三年前に言っていた
「これからの時代は、人間はまるでねずみの大群のごとくに無へと
暴走する。いや、もうしているのだよ」と

止まってみようではありませんか
止まったからといって　あなたが何かに遅れるわけじゃなし
もう少し　大きく　息を吸って
もう少し　視野を　広めて
もう少し　眠って

そうすりゃ　走らずに　歩くことも
あったのだなぁと　思われるでしょう

父と娘の酒盛り

　うちが　まだ　十五、六の頃
　おとうちゃんに　よう　こう尋ねたものや

　「なんで　そんなに　お酒飲むのん」
　「ふーっとなって　ええ気持ちになるからや」

　それから　十年　二人の会話は変わった

　もう　なぜ飲むかなどと聞かない

　そして　うちも　飲むようになった
　二人でよく酒盛りする
　そんな時　何故か
　父の生き方が　哀しく　精一杯だったのだ
　と思い　目が潤む

　おとうちゃんは　うれしそうや
　おとうちゃんと　そっくりの娘がいて

一喜一憂

人の愛など
一喜一憂
昨日　愛なら
今日　裏切り
心乱れて　汚れて

透明でありたい
透明でありたい

私の心の愛

小さなピエロのおはなし

私はピエロ
へそまがりのピエロ

笑うだけ笑ってください

そしたら　私は失業しないで済みます

私はピエロ
精神不安定のピエロ

笑うだけ笑ってください

そしたら　私も笑いに笑って

心を虚しくします

私は花嫁

私は花嫁
夏のはじまり
透きとおる白さの中を
私はあなたへと飛び立つ
ただひたすらに続く
朽ちない
純白の
私だけのあなたの中へ

主が仕えられたように

主に仕える　主が仕えられたように
人に仕える　主が仕えられたように

主は　仕えられるために
来られたのではなく
仕えるために
来られたのである

しもべの足を洗われる主を想う

信仰は食物だ

信仰は食物だ
日ごとの食物が必要であるように
信仰はなくてはならぬ食物だ
ごく日常的なものなのだ
特別なものではなく

虹色の人

海岸通りを通り抜けると
一面に夏の海だった
そして
その人がいた
透きとおるように白い人だった
白い肌に
ただ紅色のくちびるが
美しかった
白い肌と
ほとんど
変わりのない
白く透明なドレスが
潮風になびいていた

虹色の帽子に
虹色のサンダル

確か　それは去年の
夏のはじまりの頃だった

忘れな草

　高原に咲き乱れる花々
　誰も来ない人里はなれた静かな高原

　そんな高原に　あなたは来たのです
　澄んだ瞳に朝露のように哀愁を秘めて
　私は見ていました

　あなたの吐息を
　あなたの鼓動を

　あなたは大地から生まれ
　その命は　大地と共に息づいていました

　あぁ　小さな命よ
　　　　小さな鼓動よ

　わたしは　もっともっと小さかったけれど
　そう思わず叫んでしまったのです
　わたしには　手も足も無いから
　あなたの傍には行けません
　ただ　あなたを見ては
　ますます紅色に染まるだけでした
　いつまでもこの高原にいて下さい
　わたしの見えるところにいて下さい
　わたしは祈りつづけました

金色の雲が空になびく頃
あなたは立ち上がり
西の空を眺めていました
あなたの影が　わたしに落ちます
わたしは言いました

さよなら　なんて　言いません
さよなら　なんて　言いません

すると　あなたは　ゆっくりと振り向いて
身をかがめ　わたしの頬に手をあてて言ったのです

忘れな草
忘れな草　一輪
ぼくのために

絶望の朝

おはよう　白い朝の黒い悪魔
白い朝にまで　きみは　私に　現れる

私が好きなのか
私は　おまえの暗さが　いとおしいよ
かわいそうな　おまえ
神から暗い暗い魂を授かり　すべてを敵にまわして
私は　おまえの苦しみ　おまえの絶望がわかる

朝にまで　私に現れる　絶望の天使
わかるよ　きみの気持ち
わかるよ　きみの寂しさ
絶望の朝しか味わえない　きみの魂

私には　どうしようもできないが
ただ　わかるんだ　きみの気持ち

泣きたくなる
きみの運命
私の運命

午後

　25年という年月が
　窓枠から見る空を変えたのか
　寒々とした白い部屋から見る　いつもの空
　空は　相変わらず　広い
　ある時　母が言っていた
　「人生に疲れた時、空を見た」って
　そして「空は広い　そしてその限りない広さは
　心を大きくさせ、希望をもたせる」と

　午後
　私は　象牙色のブラインド越しに空を見た
　数年前より　少しずつ変化していたのは　何か
　空は変わらない
　ただ　変わったものと言えば
　その空を眺めている　私の目の哀愁のベールだろう
　そして　あるいは　25年という年月の人生が編み出した
　空の重みだろうか

　いずれにせよ
　私の少女時代は終わったのだろうか
　それさえも　わからない
　わかろうとする必要もない
　しかし　むやみに　生きるんだ　生きるんだと
　言いきかせても仕方ない
　達しなくては　達したいと思うところに

達していくことが　今の私のなすべきことなのだ

午後

久方ぶりの午後は　そんなことを私に言っているようだ

想像して下さい

想像して下さい
あなたは　楡(にれ)の小道を歩いていると
葉のざわめきは　あなたのこころにさわやかで
木漏れ日は　あなたの頬に煌めきます

想像して下さい
あなたは　楡の小道を歩いていると
流れる風に　あなたの身は清められ
行く先の夕空は　ただ　あなたを包むばかりです

想像して下さい
あなたは　いつも静かに楡の小道を歩いていると

人生は　どのようにも　たとえられます

愛する人

あなたの旅路を想うと

楡の小道を歩くあなたを想います

そして　私といえば

続く楡の木立の合間から

ためらいつつ　しかし　あなたの輪郭を描くように

見つめているのです

楡の木の木漏れ日とともに

灯のついた子供部屋が見えます

灯のついた子供部屋が見えます
おもちゃ箱から　積み木　人形　ままごと道具
みんな　暖かそうに　揺れています

でも　私が　いない
さらさら髪をおかっぱにした
お姉さんのお古着を着た　子どもの私が

子供部屋の外は　青ガラス
ざわめく木々も　空をなびく雲も　一本の小道も
ただはてしなく青く
時おり　白い風が吹きつける

いつの間に　あなたは　外へ出たの　と　風が尋ねる

私は　知らない　と　答える
私は　頬を半面　灯に陰らせ
片方の頬に　涙が　流れ落ちるのを感じた

ビルの谷間の恋人たち

ビルの谷間の恋人たち
鉄筋コンクリートの中
すべてが人造
疲れる
若者の息も老化し
ただ着飾る外装だけが　華やかだ
偽りの華やかさ

ビルの谷間の恋人たち
汚染された空気の中
すべてが人為
苦しい
若者の肌も老化し
ただ装う粉おしろいだけが　厭に白い
偽りの美しさ

ビルの谷間の恋人たち

さぁ　都会から逃げなさい

虹色の雨

霧に霞む
きみの瞳
潤む涙が
虹色のように
輝く時
虹色の傘をさした
少女一人
濡れた歩道
妖精たちと跳びはねて　遊ぶ

そんな午後
きみと
一杯の紅茶を交わす僕は
虹色の雨の中で　きみと
密やかな心の交わりを

もう　どれほど　憧れてきたことか

失われた瞳から

涙が出ます　止めどもなく
失われた瞳から
止めどもなく　頬を伝います
失われた瞳から

見えない瞳から　何故　涙が出るの
一生　私と共に涙を流すのか
いとおしい　私の失われた瞳
私の孤独を知っている
私の寒々とした孤独を知っている

私の哀れな瞳よ
いつ真の輝きが与えられるのか
幼い日の無邪気な輝き
いとおしい

涙しか知らない
私の失われた瞳
どこにいるのか
いつ輝くのか　永遠の輝きを

いとおしい今はなき私の瞳
花びらを　そっと　まぶたに触れさせると
かすかに　紅色の光があった
水に　そっと　目を浸けると

かすかに　揺れ動く光のようなものがあった

その光が　まぶたに触れると
見えない瞳が　その光を追った

白い白い空間を

白い輝きの空間を

孤独という名のトンネル

一年　あるいは　二年
人間にとって空間という時間が
現実に存在するのだろうか

行動することも　想像することも
まったく無関係の日々
人を愛することさえ　忘れ去ったかのような日々

たまらないけど
仕方がない
今　焦っても　あがいても
時が来るのを待つだけ
じっと　して

ただ　希望を失わず
人間らしい思いに　支えられているなら

このトンネルを脱け出せるかもしれない

白い朝

　　いつもの白い朝がやって来た
　　誰も連れて来ずに
　　そっと静かに　私のそばにたたずんだ

　　冷たい透明の息　私の肌にしみこんだ
　　名もなく　姿もない　私のあなた
　　美しくて　やさしくて

　　私は　そんなあなたに　孤独と共に恋してきた

　　白い朝　木々も鳥も　すべてが白い

　　白い朝

30歳前半から59歳までの詩　　1980年〜2009年

荷物

荷物
ずっしりと重い

荷物
誰も背負いたくない

荷物

人という　　早晩　死に絶えれば

片付けてもらわなくてはならない

哀れな

荷物

いろいろなことが　起こっている

　いろいろなことが　起こっている
　世界で　地球で

　不安定な人間　不確かな人間　暗中模索の人間
　そんな人間だけでは行き先も分からないのに

　いろいろなことが　起こっている
　世界で　地球で

　悲惨　汚れ　競争　憎しみ　裏切り　殺人　自殺　戦争

　でも　光　光がさしている　かすかだけれども
　みんなの心の中に　気づいてほしい

　いろいろなことが　起こっている
　世界で　地球で

　光っている　かすかな光が　それでも

木の葉にとけこむ

木の葉にとけこむ

花びらにとけこむ

木の葉に

花びらに

いつしか　私は　消え失せ

木の葉に

花びらに

無感情

　この世に生きていて
　無感情でありたいと思う時がある
　自分の心のありさまに
　無感情でありたいと思う時がある
　無感情でありたい　無感情でありたい
　傷つけないために
　傷つかないために

白ユリのおかた

　白ユリのおかたのそばにまいりたい
　わたしはそのかたの花嫁そして妻
　わたしは永遠にそのかたの純潔の花嫁そして妻

　白ユリのおかた
　そのおかたは
　絶句するほどに
　聖なるおかた
　義なるおかた
　真の愛なるおかた
　苦しみの地より　叫びます
　白ユリのおかたのそばにまいりたいと

野の花になりたい

野の花になりたい
人よりも　野の花のように　生きたい
大地によって生きる　あるがままに
生き　死に　再び生きる

どこへ行こう

疲れ果てた今　どこへ行こう
家庭でもなく故郷でもない
寺でもなく聖堂でもない
地上にはない
私の密やかな心の部屋か
いや　私のうちにはない
どこへ行こう

熱き夢

夢　熱き夢は
夢に終らない
熱き夢の結晶は
必ず実現する

祖国でもない　故郷でもない　家庭でもない

祖国でもない
故郷でもない
家庭でもない

何か別なところへ
身を委ねたい時がある

ほんとうのやすらぎに身を委ねたい
そこは　神の霊が漂うところだと思う

永遠へと旅行く

永遠は唯一の神
永遠は真の愛
永遠は真の安らぎ

私は朽ちゆく肉体を引きずり
希望とよろこびと慕わしさを胸一杯に
ただ　ただ　永遠へと旅行く

友へ

私はあなたと出逢ってからこのかた
あなたより抜きん出ようと思ったことは
けっして一度もありませんでした
あなたが若い頃よりよく言っていたように
自分との戦いであったし
ただただ自分の夢　すなわち　神より与えられた
いくつかの夢を追い求めてきているのです

友とは　なんでしょうか
恋人とは　なんでしょうか
夫婦とは　なんでしょうか
人を愛するとは　なんでしょうか

戦いの相手は　またライバルとあえて言うなら
その相手は　ほんとうはだれなのでしょうか

私は　友でも恋人でも夫でも妻でもないと　思います

私自身です

ジェニーへ

苦しかったでしょうね
人生って
長くても短くても
不安　恐怖　狂気に満ちているのですから
よほど苦しかったのでしょうね
棺の中のあなたの眠り顔は
ほっとしたように
幼い頃の口もとのまま
かすかに息をしているようでした

それはこの世の空気ではなくて
宇宙の　天空の
天上の空気を吸っているようでした

あなたは
わずか二十歳でした

わたしは　今
四十二歳のおばさんに
なりましたよ

森の精になるひととき

激しい雨のあと
森の樹木が美しい
すべてが緑に染まった私は
緑の吐息をつきながら
森の中を歩く

赦す

赦すとは
自分を限りなく無くすこと

赦す相手のために
自分に死ぬこと

犠牲の愛とは
相手のために

相手と共に限りなく生きること

空は動くほうがいい　雲は動くほうがいい

空は動くほうがいい
雲は動くほうがいい

動かないでいると
息がつまりそうだ

人生は動くほうがいい
幸せも不幸せも
楽しさも悲しさも
動くほうがいい

動いて新しさに向かうほうがいい

最後に残るもの

最後に残るもの

いろいろな悲しみ苦しみを乗り越えて

最後に残るもの

それは神への信頼

聖化から与えられる赦しの愛　犠牲の愛　神の愛

的はずれの恋　叶わぬ恋

恋ってすてきね
でも黙ってよう

恋って不思議ね
でも黙ってよう

恋って自由ね
黙っていれば

黙っていれば
そう　私の恋心を

SonoとChie

SonoとChie
いつも一緒だった

SonoとChie
いつも一緒に泣いた

SonoとChie
いつも一緒に考えた

SonoとChie
いつも一緒に楽しんだ

SonoとChie
いつも一緒に語り合った

SonoとChie

SonoとChie

いつも一緒
そして
いつも愛されている
天のお父様に

美しき沼に落ちて

美しき沼
青色に白い光がきらめく

美しき沼
いつのまにか　胸の辺りまで
落ちていた

美しき沼

永遠に青色
悲しいほどに青色
泣きたいほどに青色
永遠に青色

美しき沼に落ちて

真に語るとは

真に語るとは
心を吟味してから語ること
静かに聴き　光のように答えることができたら
そう　祈り心で語ること
優しい光の言葉で包んであげること

親であること

子よ
育てさせてくれてありがとう
下手な　精一杯の育てかただけど
子よ
育てさせてくれてありがとう
親にならせてくれてありがとう

この恋の行方

きみの青春の一ページに
私がいるなら
うれしいです

きみの青春の半ページに
私がいるなら
うれしいです

この恋の行方
この恋の行方を
見守っている方がいます

その方は

神　ご自身です

きみの青春の一行に
私がいるなら
私は　とても　うれしいです

幻の愛を愛した男たち女たちへ

私は幻を愛したりしなかった
私は真実の愛を愛しあなたを愛した
でも多くの人が幻の愛を愛する
だから嘘　絶望　裏切り
私はあなたを愛していた
あなたの子と共に

至上の幸せ

至上の幸せ
主と共にある私たちの人生

至上の幸せ
主の愛に満ちた私たちの生命

至上の幸せ
主の永遠の愛は私たちを包む

愛しています　主よ　　感謝します　主よ

夕陽を追いかけて

きのうの夕陽はとけるような朱色
遠回りしても追いかけた
わたしは恋してる
夕陽に

きのうの夕陽はオーロラの輝き
遠回りしても追いかけた
わたしは愛してる
夕空を

わたしは恋してる
わたしは愛してる
永遠なるものを

わたしは恋してる
わたしは愛してる

夕陽を追いかけて

夢　　日曜日の朝に目覚めて

ちりばめられた宇宙の星の中に

何億光年の輝きを放つ無数の星の中に

わたしがいた

包まれていた　満たされていた

そして　壮大なる永遠なる宇宙が見えた

神の優しさに触れた

わたしは愛されていた

空に続く道

空に続く道を見つけた

上り坂

空に向かうだけの上り坂

空に続く道を見つけた

天空の

吸い込まれそうな天空の

空に続く道を見つけた

至福の

永遠の至福に包まれた

今日は結婚記念日

愛されている私がいる
朝焼けの空を見させて下さる方がいる

今日は結婚記念日
私の命の　そして　魂の結婚記念日
抱かれている私がいる
夕焼けの空を見させて下さる方がいる

今日は結婚記念日
私の十七歳の時の　純白のユリに抱かれた
口づけされている私がいる
夜空の星と月を見させて下さる方がいる

今日は結婚記念日
私の恋慕う唇に
優しく口づけして下さる方がいる

2001年9月15日　洗礼記念日
33年目のキリストの花嫁

私の青年に出会うために

私の青年に出会うために

私の青春に出会うために

再び少女に戻った

私がいる

私の青年に出会うために

私の青春を愛するために

再び少女に戻った

私がいる

2001年のクリスマスイヴ　恋する人からのメッセージ

幸せでした
生まれて初めて
恋する人からのメッセージ

あなただけ
思いもかけず
恋する人からのメッセージ

暖かでした
優しさに包まれて
恋する人からのメッセージ

幸せでした
あなたの愛を頂けて
恋する人からのメッセージ

（2001年12月24日月曜日　クリスマスイヴ　51歳）

冬の海　海の見える林の中の洋館レストラン

　緑の風に誘われて来た
　海の見える林の中の洋館レストラン

　それは８年前のこと

　緑の風がいつまでも変わらないように
　海の見える林の中の洋館レストランも変わらない

　それは自然の優しさのよう

　一人
　とっても暖かな一人

　一人
　とっても豊かな一人

　一人
　とっても自由な一人

夏の朝の水

　夏の朝の
　台所の水が好きだ
　涼しくて清らかで

　夏の朝の
　台所の水が気持ちいい
　夏の休暇を
　懐かしい夏休みを
　感じさせてくれる

神を考えよ

　神を考えよ

　果てしない宇宙を考えよ
　宇宙に果てがあるのか
　あるのなら
　その果ての果ては
　どういうものなのか

　神を考えよ

　永遠ということばがある
　永遠とは絶えることのない時間と空間
　宇宙の果てしなさ
　永遠　もともと初めも終わりもない
　永遠　有って有る者が存在する
　その存在は霊であり　宇宙であり　神である

　神を考えよ

神様と逃避行

神様と逃避行

夜空高く　高く
はるか高く

天の父なる神様と
子なる贖い主なるイエス様と
御霊なる聖霊の風に乗って

夜空に向かい
宇宙に向かい
永遠に向かい

逃避行

大空の上にある水　創世記1章7節

　大空の上にある水

　「こうして神は、大空を造り、
　大空の下にある水と、
　大空の上にある水とを区別された。
　するとそのようになった」*

　大空の上にある水　とは　どんなものだろう

　大空の下にある水は　海だ

　大空の上にある水は　青いのだろうか

　晴れ渡った大空が青いように

　大空の上にある水とは　どんなものだろう

　　　　　　　　　　　　　　　　*「聖書　新改訳」創世記1章7節

空を見て思った

空を見て思った　曇りの日に
空はもともと青空だと

たとえ曇りの日でも　雨の日でも　雪の日でも
雲　雨　雪の上には　青空が広がっているのだと
その青空の青は水色
大空の上にある水の色
天は不思議だ

私達の教会の十字架　再臨の十字架

朝早く
驚くばかりの光景を見た
白い雲の上に浮かんでいる十字架
その十字架はイエス様の再臨のようであった

天につながる十字架
私達の教会には
天につながる十字架がある

ドイツの王様

ドイツの王様とお会いしたのは二十年前のこと
メルヘンを携えて
ゲーテ　リルケの詩を携えて
わたしに美しい挿絵を見せて下さった
花の名を教えて下さった
詩を読んで下さった

ドイツの王様
白い馬に乗り　白樺林の丘を
花びらが敷きつめられた小道を
わたしを腕の中にしっかりと抱きしめ
永遠のメルヘンの国へと連れていって下さった

ドイツの王様
今は　ほんとうの永遠の国へと旅立たれ
眠りにつかれました

しばしお会いできませんが
永遠の国でお会いできる日には
三位一体の神様のご栄光に輝き
神様と共に微笑をいっぱい浮かべて
わたしを迎え入れて下さることでしょう
天使と共に
神の子になるわたしたち人間を

庭の桜の木

庭の桜の木　母の木
七人の子を産んで下さった

庭の桜の木　母の木
七色に光る枝が天に向かっていた

庭の桜の木
春の日に
春の陽だまりに
母の嬉しい顔が満ちていた

居場所

人の居場所はどこですか
あなたの居場所はどこですか

人は生まれてから此の方
絶えず居場所を探しているように思える

心休む居場所
安全な居場所

存在するのでしょうか

人が神を想う時
人が神を信じる時
人が神を愛する時

居場所があります

見えないけれど　真実の　永遠の　居場所が

あなたの魂の中にあります

木につるされた者

　「木につるされた者は
　神にのろわれた者だからである」

　イエス様の十字架
　木につるされたイエス様は
　私の身代わりの姿

自分が罪人であるということ

　自分の罪に
　気づいていますか

　心の奥底
　しかし最奥底ではないけれど
　その少し手前に出没する
　自分の罪

　自分の罪を
　忘れていませんか
　心の目が　曇って
　心の目が　見えなくなって
　人を悲しめ　苦しめ　傷つけ
　自分を悲しめ　苦しめ　傷つけている

自分の罪

自分が罪人であることを知り続け
懺悔と償いの心を持ち続けることは
命の泉への道しるべが与えられること

人は内に　心の最奥底に
永遠の命の泉を　与えられています

人は内に　聖霊という　人の目には見えない
永遠なる神の息吹を　与えられています

結婚を考えている人たちへ

結婚は　神様から与えられた　神聖な一組の男女の絆です

結婚は　神様の愛の中で　限りなく清く　限りなく正しい

一組の男女の結合です

結婚は　人が所有するものではありません

神様が所有するものです

祝福された結婚に必要なのは　祈りです

あなた自身の真摯な祈りです

さらに必要な祈りは　結婚をはるかに超えた愛

神の愛によって相手を厳粛に愛させて下さいと願う

祈りです

産声は泣き声

　この世に生まれて
　はじめて発する産声は泣き声
　泣く赤子の声
　激しく悲痛で
　この世に生まれてきたことを嘆いているようだ

　この世に生まれてきて
　悲惨で不安な人生を生き
　早晩　肉体の死を迎える

　産声はいまだかつてけっして笑い声ではなかった
　産声は泣き声
　産声は悲痛悲嘆の人間の第一声

智惠

まことに　まことに　証し致します
智惠は
三位一体の父　子　聖霊なる神が与えて下さいました

人の思いによらず
神のご計画により
不思議の力により
聖と義と愛の
神の賢さと恵み溢れる中で与えられました

まことに　まことに　証し致します

神の愛　人の愛

人の愛に
神の愛を少し頂けるなら
人の愛は
静かな愛になるだろう

静かな愛とは
真に相手を想い　見守る愛
言葉少なく語るが　絶えず祈る愛

天の道

晩夏の夕焼け空に
天の道を見た
このまま息絶えても
天に引き上げられたいと願った

虫の音を聴いて眠ること

虫の音は心地よく

虫の音は空気を透明にし

虫の音は太古からの　永遠を想い起こさせる

虫の音を聴いて眠る

明けの明星

夜明けの一番星
明けの明星　救い主イエス様の星

世界中の夜明けの空を照らす
明けの明星　救い主イエス様の星

永遠の神とともに存在する
永遠の宇宙　永遠の時空から存在する
夜明けの光　愛の星

明けの明星
希望　救いの星

救い主イエス様の星

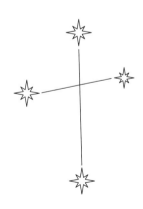

遠回り

四十年の遠回り
十七歳だった
花嫁になったのは
命をかけて愛して下さった花婿

四十年の遠回り
気づかなかった
唯一不変の愛
命をかけて愛して下さった花婿

遠回り
愚かな遠回り

雨に打たれ
嵐の中を疾走し
灼熱の暑さに気を失い
暗闇の中で怯え
虚無の中で気を狂わせた

忘れていた
一番大事な人
命をかけて愛して下さった花婿
遠回りしていても
いつも傍に居た人

遠回り
その遠回りも
今は　この上なく神々しく思える
命をかけて愛して下さった花婿が居たから
居るから

なぜキリストが救い主なのかがわかりました

なぜキリストが救い主なのかがわかりました
なぜなら
キリストが現れたからです
キリストの存在を知らなかった私に

なぜキリストが神の子なのかがわかりました
なぜなら
聖書が語っているからです
唯一の神　神のひとり子　キリスト　イエスを

なぜキリストが救い主なのかがわかりました
なぜなら
汚れの泥沼で　死んでいた時
野獣の潜む森を　彷徨っていた時
悪魔と死神が迫り来て　怯えていた時
いつも私を見つめ　包み　抱き　救い出してくださったのは
唯一の神　神のひとり子　キリスト　イエスだったからです

今日も　明日も　永遠に
キリスト　イエス

最後の眠り

最後の眠りは素晴らしい
なぜなら　悪夢を見ないから

最後の眠りは素晴らしい
なぜなら　イエス　キリストを見るから

最後の眠りは　素晴らしい
なぜなら　三位一体の神
父なる子なる聖霊なる神を見るから

まことの光の中で

永遠なる平和の中で

目覚めるから

よみがえるから

私は弱いから

私は弱いから
キリストを信じるのです

私は弱いから
キリストの救いに預かったのです

私は弱いから
身も心も弱いから救われたのです

私は弱いから

私は弱いから

ゆっくりと

ゆっくりと
ゆっくりとね

ねむってね
ゆっくりとねむってね

あわれんであげてね　おなじひとたちを

怒ることがあれば
悲しいことがあれば

しずかに　ゆっくりと　ゆるしてあげてね

私は弱い人間です

私は弱い人間です
本当に弱い人間です

幼い頃からとても弱く
おどおどし　人を気にし　人に傷つけられ
呼吸困難になるほどでした

私は弱い人間です
少しも強くありません

強い女性に見られがちですが
幼い頃からの苦境からそう見られるのでしょうか

私は幼い頃に空想が与えられました
この世に存在しないものや現象を見て
思いは天に向かい
自然界の不思議な現象が今も大好きです
私は今も世間知らず　幼稚とか言われます
苦労を知らない家庭に育ったと言われ
お嬢様と小学生の頃にもよく友達の親から言われました
それはいけない　だめなことなのでしょうか

私は幼くして弱くなり　それは　心も身体も弱くしました
でも空想は大好きです
天が与えてくれたものです
私の逃れ場です

昔もよくありましたが　高校生の頃から
そして大人になって疲れ果てると
「海」を見にいきたくなります
人のいない「海」です

私は弱い人間です
私は自分の弱さを今は恥ずかしいとは思いません
反対に感謝します

なぜなら弱い時に　神は私を冷静にさせ
なぐさめてくださるからです
私は弱い人間です　不完全です　弱い人間のままです

True Love

What is True Love?
Is it for only sweethearts?

Of course, not.
It is for all human beings.

True Love is kindness, sincerity, consideration,
and everything good.

True Love leads to Peace,
To Peace for all countries and peoples in the world.

後悔　人の愛

愛してくれている人を
人は傷つける
苦悩して愛してくれた人を
少なくとも私は傷つけた
母の愛　母の愛　母の愛
母は神ではない
母は死ぬ間際
誰を想い出したのか
子ではないだろう　夫でもないだろう
惨めな人のありさま

悲惨な人のありさま
そして　その向こうに
キリストを見たと信じている

17歳の花嫁

私は17歳で結婚しました
夫はイエスという名のお方
私たち人間の言葉では表現できない全知全能の
そして何よりも　愛そのもののお方

私は涙があふれるばかり嬉しいです
年を重ね老いていく花嫁でも
そのお方に対する私の不完全な愛は
感謝と信頼でいっぱいです

私の目標

私の目標は
神様にお会いすること
この世の人生を経て神様にお会いすること

私の目標は
イエス　キリストにお礼を申し上げること
実際にお会いして感謝申し上げること

私の目標は
聖霊にいつも満たされ導かれ
聖霊に満たされたまま
神様　イエス様にお会いすること

真の喜び

神を思う時
沸々と喜びを感じる

イエス　キリストを思う時
沸々と喜びを感じる

聖霊を思う時
沸々と喜びを感じる

永遠の
平安の
至上の

真の喜びを

雨の日の宝石

雨の日
道端の野草は見事な宝石を身にまとう

雨のしずく
透明で銀色の光

雨の日の宝石
すべての野草が
数えきれない宝石を身にまとう

天の水がなせる業
いと美しい

雨の日の宝石

一輪の小さな花

土手に咲く一輪の小さな花
今春も可憐に咲いている
毎朝　その清らかさに感嘆する

一輪の小さな　小さな花
私でさえ　その一輪に目を注ぐのだから

神様は
私を見てくださっていると確信する

私が一番望むこと

私が一番望むことは

主と共にいる一刻一刻

主と共にいる永遠

真の神の平安の中

悪夢に立ち向かう

夜中　時折　悪夢を見る

悪夢は悪魔が見せるのだ

なぜなら神は平安しか与えないから

悪夢に立ち向かう

神の愛を想い　神に祈る

平安に包まれる

悪夢に立ち向かう術

人は生まれて汚れる

人は生まれて
汚れる

人は生まれて
恐れる

人は生まれて
怒る

人は生まれて
狂う

だが
人は生まれても
救われる

神により

弱い弱いわたしたちだから

　お互いにとてもとても弱いと悟って

　お互いがお互いを救えないと悟って

　弱い弱いわたしたちだから

神の記録簿

　私の　あなたの
　存在そのものが記された
　記録簿が天にある

　私の　あなたの
　世界の　宇宙の
　存在と意義が記された
　神の記録簿が

　天にある

神から離れては

神から離れては
何もかもつまらない

神から離れては
何もかもむだである

神から離れては
何もかもやみである

日曜日の涙

日曜日に

私はよく涙を流す

神の言葉を聴いて

心の中で震えんばかりに涙を流す

日曜日に

私はよく涙を流す

讃美歌を歌いながら

目に頬に涙が溢れ流れる

日曜日の涙

日曜日の涙

命の泉のような　涙

万物　万事に　感謝する　涙

私を見て下さい

私を見て下さい
全く孤独でない私を

私を見て下さい
全く頼る人はいません

私を見て下さい
幸せの涙でいっぱいの私を

私を見て下さい
最高に幸せである私を
最も愛されている私を

偉大なる神に寵愛されている私を

想い出してくれますか

想い出してくれますか

私が母であったこと

想い出してくれますか

私が

私が

いいえ

神が

私を

あなたの母にして下さったこと

皆が命の木に

皆が命の木に
たどりついてほしい

皆が　皆が
神様がこよなく愛する皆が

命の木にたどりついてほしい

心の目　母の証

右目しか見えない私

事故で左目を失明した幼かった私

両親は辛かっただろう　悲しかっただろう

右目しか見えない私

でもはっきり言える

心の目

神を見る目

母が証した言葉

心の目が与えられている

神を見る目が与えられている

私は両目よりさらに感謝な

心の目が与えられている

そして　見続けたい

父も母も消えていきます

　人生では　いつしか
　父も母も消えていきます
　それでいいのです

　わたしたちは学ぶのです
　けっして消えない存在があるということを
　その愛は永遠に消えません
　あなたに絶えず向けられている神の愛です

ありのままで神様に委ねます

　感謝します　神様
　どのような問題も　ありのままで
　隠すこともなく　言い訳することもなく
　飾ることもなく
　ありのままで　ありのままで　神様に委ねます

神のもの

子も　親も　妻も　夫も　兄弟も　姉妹も　親戚も

友も　恋人も　隣人も　社会の人も　世界の人も

私を憎む人も　私を赦せない人も　私を嫌う人も

犬も　猫も　鳥も　すべての生物も

百合も　薔薇も　露草も

松も　竹も　梅も　杉も　すべての植物も

神のもの

あぁ　安心
あぁ　感謝
あぁ　歓喜

キリストにまみえた母の涙

キリストにまみえた母の涙

苦しんで死んだ母の顔の

目元に涙があった

涙

涙

死に顔に輝く涙

キリストにまみえた母の涙

キリストの花嫁　結婚の奥義

キリスト　夫
信じる者　妻

人の結婚は　こうあらねばならない

夫　妻をキリストのごとく命をかけて愛す
妻　夫のためにキリストに祈り　キリストによって愛す

私は今　69歳
来年は　70歳

私はキリストの花嫁
私はキリストの花嫁になった
17歳の時に

そして今　年老いても
キリストの花嫁

ずっと永遠に
キリストの花嫁

第一の死で悲しまないでください

第一の死はだれにもあります

第一の死で悲しまないでください

第一の死の後

キリストがすべての人に出会ってくださるから

ただ　第二の死に至らないように

いつも　常に「救い」「十字架の贖いの完了と復活」は

すでに　あるのですから

今も　いつも　常に　「救い」は　あるのですから

人間であるという意識

みんなが人間であるという意識

国じゃない

民族じゃない

政治じゃない

私たちみんなが共通して

人間であるという意識

楓の緑の葉に包まれて

大木の楓　大木の楓

家の近くに

生い茂る楓の緑の葉の群れを

下から見上げる

楓の緑の葉の中に吸い込まれる

楓の緑の葉の中に包まれる

ずっとその中にいたい

すべては神のため

目は神のため

耳は神のため

口は神のため

鼻は神のため

体は神のため

心は神のため

すべては神のため

疫病の夏　2020年7月26日　主の日　雨あがりの朝

疫病の夏

雨あがり　日曜日の朝

蝉が鳴く　蝉が鳴く　　私は涙ぐむ

主は確かに守ってくださる　生きとし生けるものを

季節は　まだ　めぐる　　主のゆるしのもと

自分の十字架を負う　キリストの十字架を負う

それから、イエスは弟子たちに言われた。
「だれでもわたしについて来たいと思うなら、自分を捨て、自分の
十字架を負い、そしてわたしについて来なさい。
　いのちを救おうと思う者はそれを失い、私のためにいのちを失う
者は、それを見いだすのです」*

＊「聖書　新改訳」マタイによる福音書16章24節、25節

自分の十字架を負うとは
キリストの十字架　贖罪の十字架
キリストの十字架は羽のように軽く優しい

「負う」とは
キリストがそっと後ろから背を押して進ませて下さること
「自分を捨て」とは　キリストと一体となるということ

世の戦いとキリストの戦い

世の戦いは　欲のため
キリストの戦いは　わたしたちの救いのため

「見よ。あなたの王が、あなたのところに来られる。
この方は正しい方で、救いを賜わり、
柔和で、ろばに乗られる。
それも、雌ろばの子の子ろばに」*

柔和で、ろばに乗られる。
それも、雌ろばの子の子ろばに。

＊「聖書　新改訳」ゼカリヤ書9章9節

どこにいるのか　創世記３章８節９節

「どこにいるのか」

神は言われる「どこにいるのか」

私は答えたい

私はいつも答えたい

「あなたのおそばに」

野生生物と人間

野生生物は敏感

人間は鈍感

マスク　パンデミック

全人類が口を覆う

語るな

全人類が口を覆う

黙せよ

全人類が口を覆う

静まれ

「静まって　わたしが神であることを知れ」*

＊「聖書」詩篇46章10節（私訳）

イエスの嘆息

イエスの嘆息
嘆息とは嘆きのため息

イエスの嘆息
イエスは聖書の中で
弟子たちに　祭司たちに　律法学者たちに
民衆に　そして　今なお　私たちに
幾度となく　嘆きのため息をつかれた

イエスの嘆息
神ご自身の嘆きのため息

現在に至っても
私たち人間は
神に嘆きのため息をつかせている

娘との和解

娘との和解

月日　年数がかかった

神との和解

神との和解はどうだ

一瞬だ

それも

一方的な赦しだ

キリストの十字架

キリストの十字架

蝶が出てきた

コロナ禍の中　蝶をよく見かける

今日　雨あがりの中を散歩した

土手のフランス菊の野花に複数の白い蝶が舞っていた

美しい風景

かわいい　うれしそう

マスクをしないで自由自在に

蝶も　野花も　樹木も　清らかで　うれしそう

私の実家

私の実家は

両親のもとで生まれた家でしょうか

私の実家は

この世にはありません

私の実家は

神の家です

キリストの十字架

キリストの十字架

神の愛がわかるところ

空の鳥が見ている景色

空の鳥が見ている景色

それは人間の愚かさ

空の鳥が見ている景色

それは人間の自滅

飼葉おけのキリスト

なぜ飼葉おけのキリストなのかが分かった　70年を生きて
羊　やぎ　牛のように屠られて捧げものとなるためだ

飼葉おけのキリストは屠られ捧げものとなるために
初めから供えられていたのだ

なぜ飼葉おけのキリストなのかが分かった
キリスト誕生より2021年を経て

無知

無知とは

神を知らないことだ

無知とは

キリストを知らないことだ

無知とは

聖霊を知らないことだ

無知とは

神のことばなる

聖書を知らないことだ

唾をかけられたのは

唾をかけられたのは　誰

唾をかけられたのは　キリスト　神

唾をかけたのは　誰

唾をかけたのは　人　私

頭を殴られたのは　誰

頭を殴られたのは　キリスト　神

頭を殴ったのは　誰

頭を殴ったのは　人　私

父と母は死んでいると思いなさい

父と母は死んでいると思いなさい

子である　あなたは　赤子であれ　幼子であれ

青年であれ　成人であれ

父と母は死んでいると思いなさい

あなたを生んだのは父と母ではありません

あなたに真の命　永遠の命を与えたのは

神です

いつも人間の背後にキリストを見る

人間をつまずかせないために
いつも人間の背後にキリストを見る

人間に罪を犯さないために
いつも人間の背後にキリストを見る

人間を真に愛するために
いつも人間の背後にキリストを見る

安息日

安息日　７日目

一週間のうち６日間働いていた時

また重労働の時

安息日があることに感謝した

奴隷のために神は安息日を定められたように思えた

自分もこの世の仕事の奴隷のように思えたので

７日目に神が休まれて

安息日とされたことが

今もとても感謝だ

神のなさる業はすべて完全だ

この世の夫

離婚して三十年近くなるのに

裏切られ　心身傷つけられた夫であったのに

恐怖と嫌悪を感じ　赦せない夫であったのに

なぜか夢の中の夫役はいつも彼のままだ

神が見させてくださる夢

私の処女と貞操の証の夢と思う

智恵　ソフィア　上智

　智恵　あるいは　ソフィア　あるいは　上智
　智恵　あなたの名は　神が名づけた

　智恵　あるいは　ソフィア　あるいは　上智
　智恵　あなたの名の意味は　神の智恵

悠真の詩

　悠真はグレーが好き

　グレーの雲には天使がいるから

神の言葉　キリストの言葉　聖霊の言葉
天使の言葉　悠真の言葉

悠真の言葉　「グレーが好き」

悠真の言葉に驚く

灰色は暗いイメージだから　私には

悠真の言葉　「グレーの雲には天使がいるから」

悠真の言葉に再び驚く

雲は神の出現のしるしだから

2021年12月4日　土曜日
悠真　6歳　私の71歳の誕生日

天使が舞い上がる

　朝方　天使が舞い上がる夢を見た

　熊を　兎を　牛を　馬を

　動物たちを地上から一頭ずつ一匹ずつ連れて

　天使が舞い上がる夢を見た

　2022年1月1日　土曜日　人生で初めて見た初夢

女性　弱い器　ペテロの手紙　第一　３章７節より

女性は弱い器
女性は弱い人間
女性は弱い存在

女性　そして　子供は
弱い存在

神は最初に男性を創造された
そして
男性のあばら骨から女性を創られ
そして
女性の胎から子供を創られた

女性と子供は
神に　そして　男性に　守られるべき存在なのだ

自意識をキリスト意識に　自分自身をキリスト自身に

　自意識をキリスト意識に

　自意識過剰の私は苦しかった

　自意識過剰の私は惨めだった

　自意識過剰の私は病んでいた

　自意識をキリスト意識に　という聖霊の声が聞こえた

　自分自身をキリスト自身に　という聖霊の声が聞こえた

忌み嫌う行進

　忌み嫌う行進　　それはこの世の軍隊行進
　異様だ　無意味だ

　最も忌み嫌う行進
　この世の異様な無意味な軍隊行進

神は私たちを赦してくださったのに

神は人を赦してくださったのに

私は人をまだ赦し切れていない

あぁ　なんと非情な私なのか

何度も　何度も

十字架の神なるキリストを見上げよう

いつも　いつも

十字架の人となられた神を見上げよう

片方の目しかないのに

片方の目しかないのに

この目は罪を犯す　目の欲　目による差別　蔑み

私には片方の目しかないのに

その目は罪を犯す

目を閉じれば　目の欲は感じない

目を閉じれば　目によって人を差別しない　蔑まない

あぁ　人間の五感に原罪がある

清められたい　聖化されたい　天に召されるまでに

悪魔が嫉妬するから

悪魔が嫉妬するから
神に選ばれた者たちの幸せを
神に選ばれた者たちの喜びを
神に選ばれた者たちの平安を

悪魔が嫉妬するから
この世で自慢するな
この世で見せびらかすな

悪魔が嫉妬するから
静かに　内在する聖霊に
涙をもって　天から見つめてくださるキリストに
歓喜をもって　永遠にいます神に
感謝せよ

真の仕事

真の仕事
仕事とは仕える事と漢字は伝える
少女の頃に　その意味を知った

先ず　誰に仕えるのか
私を創造してくださった神だ
次に　誰に仕えるのか
私と同じ人間だ
そして
私たちに与えられている
護るべき生物　環境　自然　地球　宇宙だ

仕事とは金銭を目的としたものだろうか
そうでないように私は思う

真に仕える事　真の仕事
考える価値がある

箱舟

箱舟
浮くためだけの舟

箱舟
人の舵は必要ない
人は身を委ねるだけ

ノアの箱舟
神が設計された箱舟
正しい人が身を委ねた箱舟

ノアの箱舟
神がまことの命を継いでくださった箱舟

神の家族

人類は神の家族という真実を知らないのですか

知らないのですか

わたしたち人類は神に似せて創造されたという事実を

知らないのですか

わたしたち人類が真の愛と平和を希求しもがいている現実を

知らないのですか

知らないのですか

神様と私の物語

すべては神様と私の物語

私が書き綴ってきた詩も

私が書いてきた童話も

私が書く随筆も

そして

私の自叙伝も

すべては神様と私の物語

永遠への旅人

　永遠への旅人

　あなたは永遠への旅人

　いくつかの森を通りぬけて

　あなたが辿り着く場所は

　永遠への旅人

　あなたは永遠への旅人

　いくつかの森を通りぬけて

　あなたが辿り着く場所は

　永遠の光の中

　永遠の命の中

おわりに

あなたへのさようならの手紙

Good-bye! Shalom!

さようならの英語の言葉は幾つもありますが、Good-bye! と Shalom!を選びました。

だれでも知っているGood-bye!「さようなら」の元の英語は、God be with ye（神があなたと共にいますように）の短縮形、Good-はGood morningなどからの類推と辞書に説明されています。ご存知でしたか。だからお別れの時は、God be with ye!（神があなたと共にいますように）と祈るのです。同じ意味を持つShalom!の語源は古代ヘブライ語の「平安」です。Shalom! この一語で「神の平安がありますように」とお別れの時に挨拶します。

あなたにGood-bye! Shalom! と祈りながらお別れの言葉を送ります。

引用文献

いのちのことば社

『聖書　新改訳　〔注解・索引・チェーン式引照付〕』

1981年9月1日発行

1996年3月10日9刷

著者紹介

竹田　園（たけだ・その）

1950年、大阪生まれ。1979年、関西学院大学大学院修士課程修了。専門科目は英語教育全般。1980年から1985年まで高校英語講師として勤務し、1984年から2021年3月まで関西圏の複数大学の英語講師を務める。
少女時代から詩、童話、物語などを書くのが好きで今もなお書き続けている。

永遠への旅人 いくつかの森を通りぬけて

2023年3月10日　第1刷発行

著　者　　　竹田　園
発行人　　　久保田貴幸

発行元　　　株式会社 幻冬舎メディアコンサルティング
　　　　　　〒151-0051　東京都渋谷区千駄ヶ谷4-9-7
　　　　　　電話　03-5411-6440（編集）

発売元　　　株式会社 幻冬舎
　　　　　　〒151-0051　東京都渋谷区千駄ヶ谷4-9-7
　　　　　　電話　03-5411-6222（営業）

印刷・製本　中央精版印刷株式会社
装　丁　　　村野千賀子
装　画　　　原　雅幸